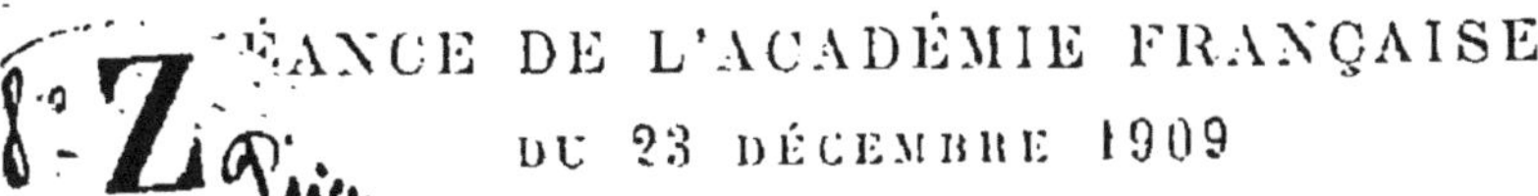

SÉANCE DE L'ACADÉMIE FRANÇAISE
DU 23 DÉCEMBRE 1909

RÉPONSE

DE

M. PIERRE LOTI

DIRECTEUR DE L'ACADÉMIE FRANÇAISE

AU DISCOURS

DE

M. JEAN AICARD

PARIS

CALMANN-LÉVY, ÉDITEURS

3, RUE AUBER, 3

8° Z Pièce 1649
BIBLIOTHÈQUE NATIONALE R.F. IMPRIMÉS
AF309717

RÉPONSE

DE

M. PIERRE LOTI

BIBLIOTHÈQUE NATIONALE R.F. IMPRIMÉS

IMPRIMERIE CHAIX, RUE BERGÈRE, 20, PARIS. — 26034-12-09.

SÉANCE DE L'ACADÉMIE FRANÇAISE
DU 23 DÉCEMBRE 1909

RÉPONSE

DE

M. PIERRE LOTI

DIRECTEUR DE L'ACADÉMIE FRANÇAISE

AU DISCOURS

DE

M. JEAN AICARD

PARIS

CALMANN-LÉVY, ÉDITEURS

3, RUE AUBER, 3

Ce n'est pas la première fois, Monsieur, que cette salle entend vibrer votre parole ardente, et le cas est unique, si je ne me trompe, d'un nouveau venu parmi nous ayant déjà parlé ici même, bien longtemps avant le jour de sa réception.

En effet, il y a vingt-cinq ans à peu près, la mode s'établit pendant quelques semaines que les lauréats de nos concours fussent invités à lire leur œuvre en séance publique. Le sujet donné cette année-là comme épreuve avait été l'*Éloge de Lamartine*, et les compositions, bien entendu, n'étaient signées que de chiffres conventionnels. Or, le triomphateur anonyme se trouva être Jean Aicard, et l'Académie française, qui déjà précédemment vous avait décerné trois de ses prix, dut vous couronner une quatrième fois.

Vous étiez donc venu sous cette coupole, — où je ne fréquentais point encore ; — vous y aviez même remporté, ce qui ne m'étonne pas, un succès sans précédent avec votre beau poème. Et il avait semblé à tous que votre place ici ne pourrait manquer d'être bientôt définitive ; vous paraissiez désigné pour la plus prochaine de ces vacances que la dame au sablier se plaît à faire si souvent parmi nous. Mais, hélas ! Monsieur, des années devaient pourtant passer, beaucoup d'années, un peu plus d'un quart de siècle, avant que vous ayez su conjurer les espiègles démons gardiens de notre seuil, et c'est seulement lorsque nous approchons, vous et moi, du déclin de nos jours, que j'ai la grande joie de vous faire, au nom de notre Compagnie, l'accueil traditionnel.

Je dis ma joie grande, oui ; mais elle est cependant très voilée d'appréhension et de deuil, car il me faut parler de celui dont vous avez pris la place et qui était, dans nos rangs, mon ami le plus ancien et le plus sûr. Avec votre autorité de poète, que je ne possède

point, n'ayant jamais fait de vers, vous venez
de louer si techniquement la haute perfection
de son œuvre, que je ne vois plus bien ce que
je saurais ajouter. Je parlerai donc moins de
l'écrivain, que de l'homme, qui fut exquis, et
mourut sans reproche comme sans peur. Mais
je m'inquiète, voyez-vous, d'être le dernier
peut-être à prononcer son nom dans cette salle,
à cette séance qui, pour employer un terme
d'église, sera un peu comme son « bout de
l'an ». Quelques minutes encore, et, quand
ceux qui m'écoutent seront partis, quand ces
bancs seront vides, il semble que plus de
cendre, plus de silence vont retomber sur lui,
— oh ! non point dans le monde des humbles
où sa mémoire sera longtemps bénie, mais
tout au moins dans ce milieu spécial qui est
le nôtre et où l'on oublie si vite... Alors, je
sens que la tâche pour moi est lourde ; je me
juge très indigne d'être l'officiant qui dira le
mot final à cette sorte de service mortuaire.

François Coppée ! Deux images très distinctes
me restent de lui, celle d'autrefois et celle
d'hier, celle du gai vivant un peu gamin aux
yeux si rieurs, et celle du saint martyr ; deux

images qui seraient presque inconciliables, si elles n'avaient ce trait commun : sa constante et simple bonté...

Donc, vous êtes de la Provence, vous, Monsieur. Vous venez de nous le déclarer, mais nous le savions. Vous en êtes même tellement que, semble-t-il, un peu du soleil de là-bas vient nous visiter à votre suite, avec un souffle du mistral tout chargé de la bonne senteur des pins maritimes. Et on s'étonnerait à peine si, derrière ces murs, des tambourins et des galoubets, arrivés pour vous faire fête, menaient en ce moment quelque farandole sur le triste quai Conti.

Lui, notre cher Coppée, il était de Paris ; ou du moins, il était bien plus que de Paris, car il était de Montmartre, ou peu s'en faut. A cette origine, il devait l'étincelle particulière de son esprit ; il devait surtout l'instinctive ironie, qui chez lui cependant pouvait demeurer supérieurement drôle sans jamais sentir le vitriol comme chez nos chansonniers de la butte inénarrable. Il s'était amusé jadis à donner de lui-même cette définition, stupéfiante à première vue : « Je suis... la dernière grisette. » Et en vérité ce mot de grisette, suranné si gentiment sans ridicule, convenait assez aux petits aspects superficiels de son caractère. Dans ses jeunes années, il fut un peu le cousin attardé de Mimi Pinson; il en avait la gaîté facile, les dehors insouciants et la sentimentalité toujours prête derrière le fou rire; comme elle, il éprouvait un frisson, — démodé, hélas! de nos jours, — à entendre sonner les musiques militaires, à regarder les régiments passer; et, comme elle aussi, aux heures de mélancolie, il se rappelait confusément la Vierge blanche, qui veille dans la pénombre des églises.

Ces premières années de Coppée, elles n'eurent point, comme les vôtres, Monsieur, un beau cadre de lumière et d'espace. Oh! non, tant s'en faut! Et je ne sais vraiment pas si, à bien considérer, sa fin sublime commande plus l'admiration que son enfance enclose, que son humble adolescence qui fut sans joie, surchargée d'obligations quotidiennes, mais qui cependant n'eut jamais un murmure. Vous venez de nous dire comment, de si bonne heure, il dut interrompre ses études, et puis

travailler à gages, pour faire vivre sa famille.
En effet, et il faut s'incliner très bas devant
l'héroïsme de cet enfant qui, plus que tout
autre, était voué aux chimères dorées, aux
rêves de beauté, d'indépendance et de soleil,
mais qui, sans jamais se plaindre, toujours
souriant et toujours bon, acceptait la chaîne
des humbles, au milieu de décors de plus en
plus attristants, alors qu'il fallait, pour cause
de pauvreté croissante, changer souvent de
domicile, promener d'un faubourg à un autre
le mobilier trop modeste. Il est vrai, dans cet
intérieur si gêné qui fut celui de son enfance,
personne ne devint jamais ni grossier ni vul-
gaire : ses parents, d'une culture morale très
au-dessus de leur misère matérielle, restaient
ardemment chrétiens et monarchistes, — et
c'est là une garantie de distinction quand
même. Oh! loin de moi la pensée que, chez
les travailleurs antireligieux et révolution-
naires, la grossièreté vienne forcément prendre
place au foyer; mais je dis qu'elle est toujours
bannie de chez ceux qui demeurent fidèles aux
croyances et aux traditions de notre passé, —
et, à quelque opinion que l'on appartienne,

on ne me contredira pas. Pour employer votre joli mot de tout à l'heure, Monsieur, les parents de François Coppée étaient des *plébéiens aristocratiques*, gens d'une espèce aujourd'hui très rare ; à leur contact il ne déflora point cette délicatesse native, cette élégance d'esprit, qui, dans la suite, lorsque d'un coup de baguette magicienne il fut admis chez les Altesses, lui permirent d'y entrer comme de plain-pied. Mais combien il dut souffrir, malgré son bon sourire de surface, dans tous ces logis pauvres et sombres, visités si souvent par la maladie et la mort ! Cependant sa jeune tête, emplie de visions enchantées, n'y connaissait point de lassitude, car, en plus de son labeur de copiste, d'expéditionnaire, qui souvent se prolongeait la nuit, il trouvait le moyen de lire, d'étudier, de s'instruire seul, et de composer des poèmes — que personne, bien entendu, ne lisait encore, mais que la jolie flamme éclairait déjà. Pour ses repos du dimanche, il s'accordait d'aller respirer l'odeur des pelouses et des arbres, mais pas beaucoup plus loin que les jardins et les remparts de la ville ; et c'est ainsi qu'il s'éprit de ces faubourgs pari-

siens, comme on s'attache toujours aux lieux
où l'on a souffert, et aimé, — et qu'il trouva
le secret de nous les rendre presque enviables,
en ces vers où toute la clarté de son âme les
transfigure. J'ai dit « souffert et aimé »; c'est
que je le soupçonne fort d'avoir eu de bonne
heure quantité de petites aventures, — avec
des blondes surtout, — oh! des passionnettes
légères et sentimentales, comme les entendait
sa cousine Mimi Pinson. Sans cela, comment
eût-il pu, avant sa vingtième année, être déjà
un charmant poète de l'amour? Et quel amu-
sant contraste d'entendre cet homme, qui devait plus tard devenir un catholique si fervent
et si pur, donner au lecteur, dans une pièce où
il vante le charme contestable de quelque coin
de banlieue, ce conseil, qui encore ne s'inspire
pas directement des préceptes de l'Église : « J'y
ai ma blonde. Ayez-y votre brune. »

Vers ses vingt-trois ans, il enthousiasma
Catulle Mendès, dont ce fut l'honneur de
l'avoir découvert, et qui lui fit aussitôt connaître Hérédia, Villiers de l'Isle-Adam, Léon
Dierx, tous à peu près de son âge. Cette pléiade
de jeunes prit alors l'habitude de se réunir

chaque samedi chez Leconte de Lisle, et c'est
au milieu de cette élite qu'il perfectionna sa
technique impeccable de Parnassien.

Quatre années plus tard, il écrivait sur
commande, en hâte et en fièvre, dans sa très
pauvre chambrette de Montmartre, le chef-
d'œuvre qui d'un seul coup lui donna la gloire.
Le *Passant*, c'était toute son irréalisable chi-
mère qui s'élançait de sa prison comme par
une trouée dans la muraille, qui soudainement
fusait en une gerbe étincelante vers le bleu
sans limites. Évidemment, il eût aimé être ce
« passant » lui-même, ce Zanetto sans entraves,
dont le langage sonne la jeunesse, le matin, la
liberté, le cristal, et qui vient nous dire :

> ... Je vais par là, mais si la route
> Se croise de chemins qui me semblent meilleurs,
> Eh bien, je prends le plus charmant et vais ailleurs.
> J'ai mon caprice pour seul guide, et je voyage
> Comme la feuille morte et comme le nuage.
> Je suis vraiment celui qui vient on ne sait d'où,
> Et qui n'a pas de but, le poète, le fou,
> Avide seulement d'horizon et d'espace,
> Celui qui suit au ciel les oiseaux, et qui passe...

Son ciel à lui, pauvre petit Coppée d'alors,
son ciel pour y suivre les oiseaux, c'était le

plafond bas, au-dessus de ces veillées labo-
rieuses et prolongées tard, où, par économie,
toute la famille se serrait autour d'une même
lampe, sa mère et ses sœurs se courbant sur
leurs travaux d'aiguille ; lui, peinant sur ses
copies à tant la ligne

Mais ce fut une chose tellement triomphale,
cette première du *Passant* à l'Odéon, que toute
la vie de l'auteur s'en trouva changée. Soudain,
sans l'avoir prévu, il était homme célèbre sur
le coup de minuit, dès que son nom eut été
harmonieusement jeté au public par Sarah
Bernhardt, qui venait, elle aussi, de se révéler
idéale et unique dans le personnage de Zanetto.
On joua le *Passant* sur toutes les scènes, dans
les salons, dans les cours étrangères. On le
joua aux Tuileries, et l'Empereur d'alors offrit
avec bonne grâce une pension au jeune poète,
— qui la refusa, bien entendu : le contraire,
n'est-ce pas, nous eût presque gâté la mémoire
de notre Coppée, si digne et si aimablement
fier.

A côté de son désintéressement, dont vous
venez, Monsieur, de nous citer un exemple à
propos de Leconte de l'Isle, ce que nous devons

peut-être admirer le plus, chez ce jeune triomphateur que les hommages du monde élégant eussent pu griser, c'est son retour, sans doute plutôt voulu qu'instinctif, vers ces humbles au milieu desquels il avait vécu son enfance obscure. Par devoir, par sympathie, par affectueuse pitié, il fit aux humbles le cadeau magnifique de son talent. Certes, il se permit encore de hautes envolées vers le pays des chimères, mais c'est au peuple qu'il songea surtout. Au peuple, aux ouvriers, à tous ceux que notre orgueil a dénommés *les petits*, il apporta la vraie poésie qu'ils ignoraient encore et qui les ravit comme une chose délicieusement nouvelle. Il accomplit ce prodige de se mettre à la portée des plus modestes travailleurs en prenant ses sujets dans leur vie de chaque jour, et de les captiver, sans qu'ils pussent dire pourquoi, par un art si accompli et une langue si cristalline, que les gens du monde se laissaient prendre en même temps et admiraient comme eux.

C'est en cela, du reste, qu'il fut un véritable novateur, à qui Sainte-Beuve peut-être, et Henri Heine, avaient seuls vaguement montré le chemin. Pour ne citer que les deux pièces qui sont devenues presque banales à force d'être redites et célèbres, la *Grève des forgerons*, l'idylle du soldat et de la servante ont soulevé autant d'émotion charmée chez les lettrés que chez les simples, ouvriers ou paysans.

Et, dans ces poèmes où, volontairement, il côtoie de si près la plus humble vulgarité, quelque chose toujours arrive à temps pour qu'il n'y tombe pas : c'est la précision, la juste mesure, le rythme, ou c'est je ne sais quoi encore dont le secret lui appartient. Aux passages où il fait le plus semblant d'être terre à terre, je le laisse aller avec ce sentiment d'attente confiante que j'éprouvais, dans mon enfance, quand je regardais jouer les féeries où par instants rien de merveilleux ne se passe. Le théâtre quelquefois ne représentait qu'une maisonnette quelconque, comme celle de Cendrillon, par exemple ; mais je prenais patience, sachant que c'était *une féerie* ; donc les murs allaient tomber pour faire place à quelque palais tout en or ; ou bien le plafond s'ouvrir pour quelque apothéose. De même, dans les poèmes de Coppée les plus contestés, il y a toujours des petites fées qui veillent entre les

lignes, et on est tranquille, on sait qu'elles
vont jouer de leur baguette à propos de n'im-
porte quoi, d'un nuage en l'air, ou d'un rayon
de soleil éclairant les pauvres arbres d'un faubourg... Ainsi, dans cette pièce du « Banc », les
fées ne cessent de tourner autour du brave
petit soldat et de sa payse, et elles nous
donnent, entre autres visions d'une suave
mélancolie, celle qui s'évanouit en ces derniers
vers :

> Le vent, déjà plus frais, ridait l'eau du bassin
> Où tremblait un beau ciel vert et moiré de rose ;
> Tout s'apaisait. C'était cette adorable chose :
> Une fin de beau jour à la fin de l'été.

Et toutes les prétendues vulgarités de Coppée
sont comme cela entremêlées, enchâssées de
perles fines.

Quant à certaines outrances dans le pro-
saïsme des sujets qu'il eut parfois la fantaisie
de traiter en vers très parnassiens, ceux qui en
ont été si choqués, tout simplement n'ont pas
compris. Il était beaucoup trop fin, il avait
beaucoup trop le sens du comique pour ne pas
sourire le premier du contraste entre des
cadences pompeuses, des rimes opulentes, — et

l'arrière-boutique d'une épicerie de banlieue.
Là, il s'amusait, Monsieur, n'en doutez pas; il
s'amusait de son « petit épicier de Montrouge »,
— et bien plus encore des quelques pédants
qui seraient ahuris de le lire. Mais, vis-à-vis du
pauvre épicier surtout, c'était sans ironie mauvaise, avec tolérance et pitié, comme il savait
s'amuser de tous et de toutes choses.

L'inaltérable gaîté de Coppée, on se l'expli-
quait si bien, pour peu que l'on observât d'un
peu près cet être sans détours ! D'abord, rien
à se reprocher, ni un faux pas, ni une lâcheté,
ni une compromission, ni un égoisme ; au
contraire, la conscience du devoir toujours
accompli et de la charité partout répandue.
Ensuite, malgré bon nombre d'amourettes, —
avec des blondes, — il avait été assez épargné,
à ce qu'il semble, par l'âpre amour qui est de
notre époque névrosée et inassouvie, et qui peut
mener aux abîmes d'angoisse. Enfin et surtout
il avait gardé de son enfance une sorte de foi
latente qui, même avant son grand élan de
mysticisme, suffisait à lui masquer doucement
la fuite de nos durées terrestres et l'universelle
descente vers la mort... C'est à cause de tout

cela qu'il était gai, gai comme un oiseau du matin, en même temps qu'il était moqueur, mais sans sarcasme, moqueur pour rire seulement, à la façon du plus gentil et du plus inoffensif des enfants de Paris.

Et, tenez, nul plus que lui ne respectait l'Académie française, nul ne prisait plus haut le beau rôle qu'elle joue, en demeurant, au milieu de la barbarie envahissante, le conservatoire obstiné de notre langue de France, et en procédant chaque année avec une attention si pieuse au difficile partage de l'or qui lui a été confié. N'empêche qu'à l'occasion il s'amusait même aux dépens de notre Compagnie.

A ce propos, laissez-moi conter une anecdote, oh! bien petite, mais qui a l'excuse d'être vraie. On venait de me recevoir sous cette coupole, et, — il s'en était aperçu sans peine, — j'y étais aussi préparé qu'un sauvage que l'on eût pris au filet, la veille, dans la brousse. Donc, il se fit un jeu de semer l'effroi sur mes débuts, en m'exagérant le formalisme de mes nouveaux confrères : « Il faudra beaucoup surveiller votre maintien », me dit-il. Et il ajouta, avec un geste

d’une impayable préciosité : « Cela vous rap-
pellera la Chine, les mandarins à bouton de
saphir... Vous savez, l’Académie des *Dix mille
pinceaux*... » A la première séance, où j’arrivai
donc avec un réel excès de conviction et de
timidité, le hasard me plaça près de lui. (C’était
une séance de Dictionnaire. Après de patients
labeurs, on était, ce jour-là, sur le point de
clore la lettre A.) Une discussion s’était enga-
gée, à laquelle il avait ardemment pris part, au
sujet de je ne sais quel adjectif, dont le sens
évoluait au cours du siècle. L’entente n’arrivait
point à s’établir, et, comme j’écoutais dans
mon profond recueillement de néophyte, il
jugea que c’était l’instant d’émettre quelque
gaminerie colossale, pour me faire tomber de
mon haut. Comme sous l’effet brusque d’un
déclic, le rire apparut sur son visage si mobile
et une gaîté de collégien élargit ses bons
yeux si clairs : « Il n’y a qu’à laisser le
mot en blanc, — dit-il avec un léger accent
de faubourg, — on le cherchera demain...
dans un Larousse. » ... Oui, Monsieur, il avait
proféré cette énormité... Et il m’en réservait
une plus affolante encore. L’instant d’après,

consultant sa montre pour quelque rendez-vous sur lequel nous aurions peut-être mauvaise grâce d'appuyer, en pleine séance de nos dix mille pinceaux il se leva, disant : « Je me trotte ! »

A l'époque où il me fut donné de connaître François Coppée et d'entrer un peu dans son intimité précieuse, il était depuis longtemps célèbre, déjà presque vieillissant d'aspect, et semblait installé dans la vie comme un sage, pour attendre le soir, qui s'annonçait paisible. En un silencieux petit logis de la rue Oudinot, que l'on eût dit rapporté du fond de quelque province, il faisait ménage avec sa sœur, son aînée de vingt ans, la discrète et douce vieille, mademoiselle Annette, — et avec plusieurs chats, très aristocrates et soignés de leur personne. Ces derniers vivaient sur la table à écrire du maître, suivant des yeux le mouvement de sa plume, et parfois dérangeant d'un coup de patte son écriture, qui, on le sait, était nette et jolie comme son âme.

On disait déjà « le bon Coppée » ; mais, appliqué à cet homme dans toute la plénitude de son talent, le mot « bon » n'avait pas le

BIBLIOTHÈQUE NATIONALE R. F. IMPRIMÉS

2.

sens protecteur que souvent on lui donne; il gardait son sens propre et signifiait le compatissant, le charitable, le droit et le sûr; en effet il faut l'avoir vu de près pour juger tout le bien moral qu'il faisait, et tout le bien matériel qu'il trouvait moyen de répandre, avec une fortune pourtant modeste.

Dix années, quinze années passèrent ainsi, marquées chacune par des œuvres d'une saine et franche beauté, dont les plus retentissantes peut-être furent ce *Pater* tout imprégné de l'infini pardon évangélique, et ce drame *Pour la Couronne*, égal, comme vous le disiez, aux plus grands du théâtre moderne.

C'est après le triomphe de cette dernière pièce, que commença le long martyre physique de Coppée. L'acier du chirurgien dut fouiller et refouiller profondément sa pauvre chair; la convalescence fut douloureuse, hésitante, interminable... Et, un livre, que personne n'eût attendu de ce doux incrédule, jaillit alors de son cœur, comme la candide prière d'un enfant. Cela s'appelait la *Bonne Souffrance* et cela marquait le retour extasié du poète à la foi de ses premières années. Il était déjà chrétien par les œuvres, bien plus que nombre de dévots et de prêtres, chrétien par la pitié, par l'amour fraternel, le pardon des injures. Et, de cette religion dont il avait toujours pratiqué la morale, il eut tout à coup le bonheur de pouvoir admettre, par on ne sait quelle intuition ou quel mirage, les dogmes difficiles, et accepter les radieux espoirs.

C'est à ce moment que prend place dans la vie de Coppée l'épisode auquel vous avez touché si délicatement, Monsieur, pour ne pas effleurer des questions encore brûlantes. Ce que personne au moins ne peut lui refuser, c'est qu'il fut comme les vrais braves que la lutte galvanise, ou guérit. Il aimait trop sincèrement le peuple, il le respectait trop, — pour ne pas haïr certaines « démocraties » qui l'égarent. Donc, il se jeta au plus fort de la mêlée, oubliant son mal. S'il alla trop loin, s'il fut excessif, s'il eut des indignations, presque des violences qu'on ne lui avait jamais connues, il aurait peut-être fallu lui pardonner, parce que c'était lui, Coppée, c'est-à-dire l'homme le moins suspect d'agir par intérêt personnel, le plus indemne d'ambitions politiques, le plus inca-

pable de viser, sous une forme ou une autre,
l'argent de la nation.

Après cette crise, qui lui avait donné des
forces artificielles, un autre mal encore vint
s'abattre sur ce juste, sur ce débonnaire qui
s'était sacrifié, — un mal qui inexorablement
aboutit à la mort après des paroxysmes de
torture. Donc il commença d'endurer l'atroce
souffrance progressive, cependant que mademoiselle Annette près de lui s'éteignait peu à
peu d'épuisement et de vieillesse. Oh! s'il n'y
avait eu le rêve chrétien, qui change et illumine
tout, quelle chose effroyable cela pouvait
devenir, dans le triste logis sans enfants,
l'agonie presque simultanée de ces deux êtres,
qui depuis longtemps ne vivaient que l'un par
l'autre, et qui allaient plonger au fond de la
grande nuit sans laisser personne après eux,
ni pour les continuer un peu dans la vie, ni
seulement pour garder leur souvenir. Ce fut
la bonne mademoiselle Annette qui partit la
première; lui, devait après elle durer encore
huit jours, pour subir l'excès de ce sup-
plice que les narcotiques n'atténuaient plus.
Même cette pauvre dernière satisfaction qu'il

souhaitait, celle d'aller conduire sa sœur Annette au cimetière, lui fut refusée : il n'eut pas la force de revêtir le costume noir qu'il s'était obstiné à faire acheter pour avoir au moins porté une fois son deuil sur la terre. Cependant il finit sans une révolte, sans un murmure, en priant avec une ferveur confiante pour ses amis les ouvriers, les humbles, — et aussi pour les exploiteurs ou les fous qui les mènent à la désespérance, aux alcools et aux explosifs.

Quand ce fut l'heure de le conduire à l'église et au cimetière, les pompes officielles firent un peu défaut, — et je ne prévois pas qu'un jour vienne où il soit bruyamment transféré au Panthéon. Cependant beaucoup de ses ennemis politiques étaient là, ayant désarmé, et de tout cœur, devant la beauté sereine de cette mort, et des personnalités de clans fort divers, qui faisaient trêve pour un jour, suivaient son cercueil. Mais il y avait surtout un immense cortège, venu sans convocation, cheminant sans paroles : et c'était le peuple, le vrai peuple, assemblé spontanément pour rendre hommage à son poète et son ami ; c'était une foule qui s'était choisie d'elle-même parmi ce qu'il y a de plus hautement respectable dans le monde ouvrier, — de plus respectable en même temps que de plus modeste, des hommes en bourgeron de travail, des femmes portant leur petit enfant sur les bras. Pas un cri, pas un scandale; un recueillement unanime, qu'il ne fut besoin d'aucun service d'ordre pour établir. Il eut donc ainsi les très rares, les très magnifiques funérailles qu'il avait mérité d'avoir, et qui sont au-dessus de la portée des plus riches de cette Terre, parce qu'elles ne se font point sur commande et ne s'achètent pas...

J'ai parlé si longuement de votre prédécesseur, Monsieur, que je dépasserais le temps permis si je parlais maintenant de vous comme je l'aurais désiré.

Mais, faites crédit de quelques années... Je ne voudrais pas vous dire des choses en deuil un jour où nous vous souhaitons la bienvenue; cependant vous savez que sonnera l'heure inéluctable où quelqu'un d'autre, à cette place, viendra prononcer votre éloge et s'étendra sur votre belle œuvre; il le fera sans doute avec une beaucoup plus haute compétence, car je ne suis qu'un instinctif qui, en admirant, sait mal expliquer pourquoi il admire; et puis, vous aurez moins à craindre que ce panégyriste, non désigné encore, soit taxé de partialité, car, il aura beau être votre ami, il ne le sera certes jamais autant que moi-même.

Je veux cependant indiquer les points de ressemblance que je vous trouve avec celui que vous remplacez ici. Vous en avez noté un vous-même, un point bien modeste et d'ailleurs contestable : « Nous sommes, avez-vous dit, deux poètes régionalistes. » Oh! croyez-vous que Montmartre, ou la rue Saint-Maur, soit vraiment une *région* de la France? — Non, gardez pour vous seul ce titre de régionaliste. Il vous sied plus qu'à personne, et je le trouve d'ailleurs fort beau, car la lumineuse, et vive, et fière Provence, c'est vous qui, réellement, nous l'avez donnée; avant vous, tout ce que son âme chante, tout ce qui est son essence profonde nous échappait encore, — même avec Mistral, parce qu'il s'est refusé, lui, à écrire en français.

En cherchant dans votre passé, dans votre enfance, j'aperçois tout de suite deux êtres,

grands chacun à sa manière, desquels vous
procédez :

Le premier, un aïeul, votre véritable édu-
cateur, peut-être; un Provençal absolu, celui-
là, et un sage dont on se souvient encore
là-bas comme un apôtre de la charité. Au fond
des bois de pins, qui sentent bon sous le soleil
et où les cigales font leur musique, il habitait
une vieille maison isolée, qui fut souvent la
vôtre au début de la vie. Plus tard, vous lui
avez fait hommage de votre œuvre, en ces
quelques vers qui, du reste, suffiraient presque à expliquer le rôle si tendrement simple
de votre talent :

> Grand-père, tout cela, quelle qu'en soit la gloire,
> Je l'ai pris à toi-même, à ta simplicité,
> Au vieux air que tu m'as, le soir, cent fois chanté,
> Au ton dont tu disais ta plus naïve histoire...
> Tu fis mon œuvre simple, et ma voix attendrie,
> Et je rapporte à toi ce qui vient de toi seul...

L'autre homme qui, avec ce grand-père,
influa le plus sur votre destinée, fut Lamartine, chez qui vous passiez vos dimanches de
collégien, et qui se plaisait parfois, vous ayant
deviné de très bonne heure, à dire pour vous
seul ses vers immortels. Entre ces deux-là,

vous ne pouviez mieux faire que devenir ce que vous êtes : le poète par excellence de votre belle région natale.

Et, puisque j'en suis à compter les influences tutélaires qui ont favorisé l'éclosion de votre talent, permettez-moi de saluer aussi la tendresse de cette sœur aînée, qui vous traita en fils et ne cessa d'être attentive à toute votre vie laborieuse.

La Provence, vous nous l'avez donnée tout entière, celle des plus vieux temps avec ses candides légendes, celle du moyen âge avec ses nobles histoires de chevaliers. Et, quant à celle d'aujourd'hui qui, hélas ! est près de s'engloutir sous le flot montant de la banalité, vous l'avez éternisée dans le *Roi de Camargue*, dans l'*Ibis bleu*, dans *Miette et Noré*, qui gardent toute la senteur de l'aromatique terroir; dans cent autres poèmes aussi, qui nous apportent, comme par une fenêtre que l'on ouvrirait soudain, le soleil, le vent salubre de la mer, et, — pour employer vos phrases rythmées, —

> ... le bruit des eaux creusant les roches,
> L'adieu des vaisseaux inclinés,
> L'appel des laboureurs, le son perdu des cloches.
> . . . .

Vous avez senti que bientôt personne ne l'entendrait plus, votre idiome provençal, pourtant si alerte, si harmonieux et qui sonne si clair ; c'est pourquoi vous y avez renoncé dans vos chants, car il n'y a pas de lutte possible contre ce souffle moderne qui se lève pour tout abattre en nivelant tout. Vous avez dit quelque part : « Les choses provinciales qui se meurent, fixons-les dans la langue qui doit leur survivre. » Et vous avez su fixer les choses du Rhône et de l'Esterel en un français qui parfois, calqué sur le provençal, arrive à force d'art à nous donner l'illusion d'être là-bas ; un français toujours simple, mais qui, avec cela, ne cesse d'être limpide et coloré, autant que le beau ciel des soirs sur votre Méditerranée. Dernièrement encore, dans la crainte qu'il manquât une petite note à votre grande œuvre régionaliste, vous avez écrit d'abondance cet étourdissant *Maurin des Maures*, où éclate en feu d'artifice tout le Don Quichottisme des Provençaux, avec la drôlerie transcendante de leur esprit et la franche sonorité de leur rire. Donc, n'ayez point de crainte, Monsieur, il se réalisera

pour vous, le rêve que vous avez formulé
ainsi :

. . . .
Chaque fois qu'on redit ton beau nom, je voudrais,
Provence, que le mien fut toujours mis auprès,
Et rester lumineux du soleil qui te dore.

C'est peut-être d'ailleurs parce que vous vous
êtes trop donné à votre chère Provence, que
votre place, dans la discutable hiérarchie des
lettres, n'est pas aussi haute que vous le méri-
teriez. Chez nous, vos vrais admirateurs sans
réserve ont été plutôt des isolés ; — il est vrai
qu'ils s'appelaient Flaubert, George Sand, Sully
Prudhomme ou Victor Hugo ; — mais je sais
quantité de gens du monde qui continuent de
vous opposer résistance, étant trop factices
eux-mêmes pour comprendre que ce qui
affirme la grandeur de votre art, c'est préci-
sément d'être si naturel et d'avoir l'air si
prime-sautier. Ici encore, faites crédit, Monsieur ; votre œuvre, parce qu'elle est la vie
même, ne peut que durer, s'imposer et grandir.

Maintenant je veux saluer aussi en vous un
autre titre un peu à côté, que notre cher Coppée
n'avait pas : vous êtes le poète des petits enfants, et leur poète unique. Les tout petits,

personne avant vous ne les avait compris si
bien, ni surtout n'avait réussi à se faire entendre par eux. Ils récitent vos vers avec
amour, non seulement dans les écoles proven-
çales, mais dans celles de France, ou d'Alle-
magne et de Bohême. Par je ne sais quel tour
de force de votre sensibilité exquise, vous nous
expliquez ces petits êtres aussi fidèlement et
naïvement que s'ils se racontaient eux-mêmes.
Vous savez aussi faire pénétrer dans leur tête
des pensées qu'ils n'avaient encore jamais eues,
et qui les captivent sans les fatiguer. Et vos
livres, écrits pour eux et pour leurs mères,
sont pleins d'adorables choses, — comme celle-
ci par exemple que je prends entre mille :

« Un petit rideau blanc autour d'un berceau
suffit à rassurer l'enfant des femmes contre
tout l'infini; mais il faut une mère pour tirer
le petit rideau soigneusement, pour l'interposer
entre le regard de l'âme humaine qui s'éveille
et l'âme hostile des forces aveugles. Les pères
ne sauraient pas... »

Je crois vraiment, — et vous l'avouez presque
dans votre ensorceleur *Chant du dormir* — je
crois que chez les êtres comme vous ultra-sen-

sitifs, il reste toujours de la fraîcheur enfantine, malgré tant de lassitude souvent et de déceptions accumulées; peut-être même y découvrirait-on un peu d'enfantillage, encore vivant dans quelque repli de l'âme, — comme on trouve parfois, en feuilletant un herbier déjà poussiéreux et grisâtre, une pauvre petite fleur qui par hasard a gardé son coloris, et n'a pas voulu tout à fait mourir.

Mais, contrairement à ce que j'annonçais, j'ai l'air de ne constater que vos dissemblances avec votre prédécesseur. Voici, j'en viens à vos points communs :

Le premier, c'est que vous êtes, Coppée et vous, les deux poètes contemporains les plus *populaires* de notre pays. Et, en disant cela, je prétends vous adresser, à l'un et à l'autre, le plus enviable des éloges; car, pour pénétrer ainsi au cœur du peuple, il faut, lorsqu'on écrit en vers, être plus qu'un ciseleur habile, il faut avoir mis, sous les rimes qui bercent, quelque chose de sincèrement et de tendrement humain, quelque chose qui sente la vie, l'amour, la pitié. Ou bien il faut avoir été hanté par la grandeur infinie du mystère de

tout, et connaître des suites de mots à la fois
intenses et faciles, capables d'en éveiller l'in-
quiétude dans les âmes encore incultes et à
peine évoluées. Je crois en outre que, pour
être vraiment populaire, il faut avoir fait,
comme vous deux, une œuvre SAINE, en même
temps qu'une œuvre d'art, car c'est surtout
auprès des demi-cultivés, des demi-lettrés, des
demi-élégants, que trouvent grâce le cynisme
et les mots grossiers; mais la majorité du
peuple, non, chez nous, Dieu merci, elle en est
encore à préférer ce qui fait couler les bonnes
larmes, ce qui est pur et même un peu idéal.

Le cas de cette pénétration étonne peut-être
davantage de la part de Coppée, qui risquait,
en tant que Parnassien, de planer dédaigneux
et impassible, et qui au contraire a su s'abais-
ser vers les humbles sans déchoir, ou plutôt
qui a trouvé le secret de les élever par instants
à son niveau. Ceux qu'il appelait, — mais si
amicalement, — « le petit peuple de la grande
ville » ont été ses lecteurs, et ce fut sa vraie
gloire, à mon avis, de prendre place à leur
foyer, sans pour cela perdre son rayonnement
aux yeux des lettrés et des artistes.

Vous, c'est le peuple effervescent des campagnes de Provence qui vous a élu pour son barde; chez les paysans, chez les pêcheurs de là-bas, vous entrez en voisin, en familier que l'on aime et que l'on fête. Le jour où nous avons le mieux senti combien vous la magnétisez, cette Provence tout entière, c'est lorsque au théâtre antique d'Orange fut donnée l'inoubliable représentation de la *Légende du Cœur,* où Sarah Bernhardt encore prêtait sa grâce souveraine à votre héros, le chevalier-poète; les dix mille Provençaux assemblés parmi ces ruines vibraient par vous, à l'unisson avec vous; dans ce cadre, votre triomphe, cette fois, prit le caractère d'une scène des temps jeunes et passionnés; il fut d'une beauté que nous avions cessé de connaître, et l'aïeul, qui vous éleva dans sa maison des bois, en eût été plus fièrement ému, à juste titre, que de l'accueil que vous recevez aujourd'hui sous cette coupole officielle... Je ne voudrais pas vous accabler, tout vif encore, des noms légendaires du passé, d'autant plus qu'il est impossible de prévoir combien d'années les plus durables d'entre nous pourront tenir contre le grand

oubli de demain. Cependant, savez-vous à qui
me fait surtout songer votre popularité régio-
nale? Au mélodieux Hafiz et à Saâdi du Pays
des roses. Ces deux-là, aujourd'hui encore les
lettrés de la Perse (où il n'y a pas d'Académie)
ne se lassent de reproduire amoureusement
leurs poèmes, en calligraphie patiente, avec
alentour des miniatures de missel, — cependant que j'ai entendu aussi, après mille ans,
des chameliers redire leurs strophes le long
des chemins du désert, en caravane, et des
bergers les chanter le soir, au camp nomade.
Dans ce siècle, Monsieur, nous n'avons plus le
temps, comme les Orientaux, de faire des
belles calligraphies pour honorer les écrivains
que nous aimons; mais veuillez considérer
notre réception d'aujourd'hui comme l'équiva-
lent, — ou à peu près, — des fines enlumi-
nures que nous nous serions plu à mettre en
marge de vos œuvres, si nous étions des dilet-
tanti de Chiraz ou d'Ispahan. Par exemple, je
n'ose pas vous promettre que dans mille ans
les bergers de Provence liront encore vos vers.
Dans mille ans, il n'y aura plus de bergers;
et puis le temps est passé, de ces peuples

immobiles qui de père en fils vivent des mêmes rêves, — comme, hélas! est passé le temps des peuples heureux. Mais de nos jours du moins, les braconniers, qui partent en chasse vers la forêt des Maures, emportent souvent un de vos livres dans leur carnier, pour passer les heures; c'est là un hommage qu'ils ne rendent qu'à vous seul. Et les paysans des hameaux perdus font silence, le soir à la veillée, pour écouter du Jean Aicard, récité par leurs petits enfants qui l'ont appris à l'école.

Un point qui vous rapproche encore de Coppée, c'est que cette humanité, dans vos livres, est une humanité toujours attendrie, toujours prête à pardonner quand même. Vos pièces de théâtre, vos romans, comme les siens, aboutissent à un pardon sans borne que l'on s'accorde en pleurant et qui nous fait pleurer aussi. C'est par un tel pardon que se termine votre drame aujourd'hui classique, *le Père Lebonnard*, qui fut le triomphe du tragédien Novelli en Italie, le triomphe de Silvain en Angleterre, et qui, après avoir été joué et rejoué sur toutes les scènes d'Europe et d'Amé-

rique, nous est revenu à Paris au bout de
vingt ans, avec une telle moisson de « rappels »
et de larmes, que nous avons cependant fini
par le comprendre et l'acclamer aussi.

Et enfin, le trait qui vous unit le plus inti-
mement, vous le poète qui nous arrivez, au
poète qui vient de nous quitter, c'est que vous
êtes deux profonds mystiques, et deux mystiques chrétiens.

Oh! votre christianisme à vous, Monsieur,
manque essentiellement d'orthodoxie, et la très
sainte Inquisition n'eût pas failli, du moins je
l'espère, à son devoir de vous brûler vif. Un
de vos biographes de talent a donné cette définition de votre nostalgique et si anxieuse reli-
giosité : le dernier résidu de l'idéal chrétien au
fond d'une âme. Je ne connais pas, en l'espèce,
de mot plus sinistre que ce mot de résidu, qui
hélas! est juste. De tout ce qui a fait vivre,
palpiter, lutter nos ancêtres, notre génération
n'aura eu que cela pour héritage : un *résidu*
dont elle n'arrive même pas à secouer le
charme indiciblement douloureux.

Nous ne savons et ne saurons jamais rien de
rien : c'est le seul fait acquis. La vraie science

n'a même plus cette prétention d'expliquer,
qu'elle avait hier. Chaque fois qu'un pauvre
cerveau humain d'avant-garde découvre le
pourquoi de quelque chose, c'est comme s'il
réussissait à forcer une nouvelle porte de fer,
mais pour n'ouvrir qu'un couloir plus effarant,
plus sombre, qui aboutit à une autre porte
plus scellée et plus terrible. A mesure que
nous avançons, le mystère, la nuit s'épais-
sissent, et l'horreur augmente... C'est alors
que le « résidu » chrétien essaie encore de pro-
tester doucement au fond de nos âmes. Nous
voyons bien que ce n'est pas cela, qu'il n'est
pas possible que ce soit cela ; mais, derrière
l'ineffable symbole, — infiniment loin derrière,
si l'on veut, là-bas aux confins de l'incom-
préhensible, — nous nous disons qu'il y a
peut-être la *vérité*, avec l'espérance. Et puis,
nous sentant nous-mêmes accessibles à la pitié,
ne valant d'ailleurs que par la pitié, nous nous
raccrochons à l'idée qu'il existe quelque part
une Pitié suprême, vers qui jeter, à l'heure
des grands adieux, le cri de grâce qui autrefois
s'appelait la prière ; une Pitié capable de nous
accorder même ce *revoir*, sans lequel la vie

consciente, avec l'amour au sens infini de ce mot, ne serait qu'une cruauté par trop lâche ou trop imbécile... Quand nous en arrivons là, Monsieur, nous ne sommes pas très loin d'être des chrétiens, sinon à la façon de Coppée bien entendu, du moins à la vôtre...

Mais pardon! Tout ce que je viens de dire a été déjà tellement mieux dit et redit, que je m'excuse de retomber dans ce lieu commun de la détresse...

Votre livre intitulé *Jésus* (celui peut-être où vous vous faites le plus merveilleusement simple et le plus humblement humain) nous montre deux pauvres disciples du Christ, pêcheurs du lac de Tibériade, qui, le troisième jour après la mort de leur maître, s'en reviennent mornes et accablés vers Emmaüs, à la nuit tombante. Une ombre tout à coup surgit à leurs côtés, s'éloigne, revient... Si elle s'approche, ils se reprennent à avoir courage, tandis qu'ils tremblent et défaillent dès qu'elle disparaît. Alors, ce fantôme de Jésus, si incertain pourtant, et qu'ils distinguent à peine, ils le supplient de cheminer près d'eux jusqu'à l'étape du soir, parce que sans lui ils ont froid

jusqu'au fond du cœur, dans la nuit plus
sombre.

Et vous terminez cette pièce allégorique du
naïf passé par la prière que voici, qui tout à
coup est de notre temps, et que des milliers
d'âmes rediraient avec vous :

> Oh ! puisque la nuit monte au ciel ensanglanté,
> Reste avec nous, Seigneur, ne nous quitte plus, reste !
> Soutiens notre chair faible, ô fantôme céleste,
> Sur tout notre néant seule réalité !
>
> Seigneur, nous avons soif, Seigneur, nous avons faim ;
> Que notre âme expirante avec toi communie !
> A la table où s'assied la fatigue infinie,
> Nous te reconnaîtrons quand tu rompras le pain.
>
> Reste avec nous, Seigneur, pour l'étape dernière ;
> De grâce, entre avec nous dans l'auberge des soirs..
> Le temple et ses flambeaux parfumés d'encensoirs
> Sont moins doux que l'adieu de ta sourde lumière.
>
> Les vallons sont comblés par l'ombre des grands monts,
> Le siècle va finir dans une angoisse immense :
> Nous avons peur et froid dans la nuit qui commence.
> Reste avec nous, Seigneur, parce que nous t'aimons ! »

———

IMPRIMERIE CHAIX, RUE BERGÈRE, 20, PARIS. — 26034-12-09.

www.ingramcontent.com/pod-product-compliance
Ingram Content Group UK Ltd.
Pitfield, Milton Keynes, MK11 3LW, UK
UKHW021647090726
13657UKWH00004B/1803